Wollen wir wirklich hier bleiben?

Sybille B. Ebelt

Wollen wir wirklich hier bleiben?

Briefe aus Sarmstorf

WANDERN&WUNDERN

Impressum

© 2018 Sybille B. Ebelt
Text und Foto: Sybille B. Ebelt
Umschlaggestaltung: Adrienne Györgyi
Herausgeber: Sybille B. Ebelt
Idee und Konzept: Adrienne Györgyi
Entstanden zum Projekt Wandern&Wundern
Wandern&Wundern © 2018 Adrienne Györgyi

Verlag und Druck: tredition GmbH, Halenreie 40-44, 22359 Hamburg

ISBN Paperback: 978-3-7469-9568-7
ISBN Hardcover: 978-3-7469-9569-4
ISBN e-Book: 978-3-7469-9570-0

Bibliografische Information der Deutschen Nationalbibliothek:
Die Deutsche Nationalbibliothek verzeichnet diese Publikation in der Deutschen Nationalbibliografie; detaillierte bibliografische Daten sind im Internet über http://dnb.d-nb.de abrufbar.en

Liebe Adrienne,
Du hattest so viele Fragen an mich, als wir uns im August 2018 in
Salem trafen, im Café der Familienfreizeitstätte.

Wie alles begann?

Wir lebten damals im Osten Berlins, mein Mann war freischaffender Musiker und ich hatte mir gerade als Schwedisch-Übersetzerin und Kultur-Journalistin die Freiberuflichkeit erkämpft, was ja in der DDR weder üblich noch leicht zu verwirklichen war, um für meine Kinder von zu Hause aus arbeiten zu können. Als Schaffenshaus, aber mehr noch zur Erholung für unsere Großstadtkinder und auch für uns, zunehmend gestresst, da sich in der Hauptstadt die Probleme der Gesellschaft in den 80ern immer stärker zuspitzten, suchten wir ein Haus auf dem Lande. Möglichst ursprünglich, möglichst billig, zu mieten oder zu kaufen. Klaus spielte damals in der Begleitband des Sängers Hans-Jürgen Beyer, dessen Weg vom Thomanerchor-Knaben zum erfolgreichen Schlagersänger führte und der noch heute auf Tour ist. Bei einem Auftritt in Teterow kam in der Pause eine Mitarbeiterin des FDGB auf meinen Mann zu, bat ihn um ein Plakat von Hans-Jürgen Beyer. Klaus verschwand hinter der Bühne und brachte ihr ein

Poster. So kamen die beiden ins Gespräch und mein Mann erzählte der Gewerkschafts-Funktionärin, dass wir ein altes Bauernhaus suchten. „Eventuell habe ich da etwas, aber Sie dürfen nicht an ein Wassergrundstück denken. Ich melde mich wieder", versprach die FDGB-Frau. Klaus schrieb ihr eine Adresse auf.

Bereits nach drei Wochen brachte uns die Post eine Nachricht der damaligen Bürgermeisterin von Lelkendorf, die uns zu einer Besichtigung in den Ortsteil Sarmstorf einlud. Das war im Herbst 1982. Wir kamen in ein nahezu leerstehendes Dorf, nur noch ein über 80jähriges Paar wohnte am unteren Ende des Vorwerkes. Der Alte war noch Knecht bei dem früheren Gutsverwalter gewesen und erzählte uns später von der alten Zeit, nachdem wir den beiden eine Flasche Korn auf den Tisch gestellt hatten. Die Bürgermeisterin von Sarmstorf zeigte uns alle Häuser, riet uns zu jenem höher gelegenen Haus, in dem wir noch heute die warme Jahreszeit verbringen. In manchen Häusern hausten zu viele Ratten, andere standen zu tief, zogen zu viel Feuchtigkeit an. Nahezu gleichzeitig mit uns kamen im nächsten Frühjahr und Sommer: Theaterleute aus Berlin (Regisseure, Dramatiker, Schauspieler, Theater- und Jazzkritiker), die Journalistin einer Frauenzeitung, eine Grafikerin, ein Schauspieler und eine Bühnenbildnerin vom Theater Frankfurt/Oder, zwei Handwerker-Brüder aus Rostock. Ein Abteilungsleiter des Henschel-Theaterverlages wurde unser Nachbar in der typischen mecklenburgischen Doppelhauskate vom Ende des 19. Jahrhunderts. Ein Lehrer und zwei Journalisten aus Berlin kamen ein paar Jahre später ins Dorf, ebenso ein Angestellter des Fischverarbeitungswerkes Rostock, der fälschlicher weise bis heute „Kapitän" genannt wird. Was ihm Wissen und Erfahrungen zumutete, die er nie besaß. So wollte einmal ein Jugendlicher des Dorfes bei ihm die Seemannsknoten erlernen, weil er meinte, als Kapitän müsste der das ja wissen. Merkwürdigerweise wurden die neuen Leute im Ort meist über ihre Berufe wie „Der Lehrer" oder über die Orte „Der Rostocker" benannt. Heute ist unser Dorf Ost-West-gemischt, wie auch andere Dörfer der Gegend.

Kaufen durften wir die Häuser damals nicht, die bereits fünf Jahre leer standen und sich in erbärmlichem Zustand befanden. Sie waren verlassen worden, nachdem endlich die Wasserleitung in dem Ortsteil angekommen war, aber es fehlte vor allem eine Busverbindung für die Schulkinder im Winter. Wir pachteten das Haus mit einer Erbpacht auf 99 Jahre. Als wir im April 1983 dann die erste Nacht in „unserem" Haus verbrachten, war an Schlafen nicht zu denken. Abgesehen von den beiden Alten am Ende des Unterdorfes und uns beide im Oberdorf gab es weit und breit keine Menschenseele. Sobald es dunkel war, überfiel uns eine wahnsinnige Angst! Die eilig zusammengeflickten Plastikscheiben knisterten – die Fenster waren uns vom Herbst bis zum Frühjahr geklaut worden – und von überallher hörten wir ungewohnte gruselige Geräusche, die sich bei Tagesanbruch als klappernde Bodentür und als Rascheln der Bäume im Wind herausstellten.

Jedenfalls überlebten wir diese Nacht und weitere einsame Nächte. Der etwa 11jährige Junge aus dem Hauptdorf kam am nächsten Tag wieder. Er hatte uns am Vortag mit den Worten empfangen: „Was wollt ihr denn in dem Rattennest?", worauf Klaus mich fragend ansah: „Wollen wir wirklich hier bleiben?". Am liebsten hätte er sofort wieder kehrt gemacht. Der Junge erzählte uns Fremden vom Dorf, gab uns erste Hinweise zum Landleben und half beim Setzen eines Zaunpfostens. Dieses Gespräch mit dem netten Dorfburschen, der unserer älteren Tochter sofort den Spitznamen „Sonnyboy" verpasste, und die Rückfahrt über Neukalen und Salem am Kummerower See entlang, machten uns die Entscheidung leichter, wiederzukommen. Wie uns die Bürgermeisterin von Lelkendorf erzählte, gehörte unser Ort zu den beiden letzten leerstehenden Dörfern im Bezirk, die noch als Zweitwohnsitze zur Erholung freigegeben wurden. Wenn wir nicht gekommen wären, hätte man Sarmstorf plattgewalzt, so wie andere Orte. Sie selbst hatte Interesse daran, dass sich in ihrer Gemeinde Kunst- und Kulturschaffende ansiedelten, hat für den Erhalt von Sarmstorf gekämpft und uns unterstützt.

Was uns mit dem Kummerower See verbindet?
Die Landschaft? Die Menschen?

Wir waren sofort verliebt in den See. Ja, er erinnerte uns an Deine Heimat, Adrienne, irgendwie an den Balaton, der ja auch langgestreckt ist und ein hügeliges Nordufer hat.

Natürlich zuerst die Landschaft mit dem See, die DDR-weit schon beeindruckend war. Wir hatten ja nur beschränkte Reisemöglichkeiten außer Landes, so war die Mecklenburgische Schweiz mit dem großen schmalen See, den sanften Hügeln im Norden und den weiten Ausblicken ein wirklich schöner Fleck in dem Land. Das ist für uns auch so geblieben, obwohl wir inzwischen noch schönere Landschaften, gewaltigere Eindrücke kennengelernt haben. Aber vielleicht ist es gerade die stille, unspektakuläre Landschaft mit dem weiten Himmel, die wir noch immer schön finden. Und natürlich haben wir gern auch unseren Freunden erzählt, dass wir in der Nähe eines 11 km langen Sees wohnen, an dem es schöne Aussichten und Badestellen gibt. An dem in der Ferienzeit zweimal in der Woche in Neukalen der Kahn „Karl Heinz" ablegt, mit dem es bis zum anderen Ende des Sees nach Verchen geht, wo man Kaffee trinken kann, bevor er wieder zurückkehrt. Mit dem Kahn „Karl Heinz" sind wir mit all unseren Gästen gefahren. Wenn ich mich recht erinnere, hat der Kapitän auch Akkordeon gespielt oder Musik vom Band, so Volks- und Seemanslieder, die die Leute an Bord mitsangen. In diesen ersten

Jahren sind wir zum Baden oft an den großen See gefahren, immer nach Kummerow auf die Südseite. In Salem gab es damals nur einen kleinen Einstieg, zu steil für Kinder, die noch nicht richtig schwimmen konnten. Die Kummerower Badestelle war breiter und flacher und man konnte sich an einem kleinen Kiosk oder einer Verkaufsstelle in dem dahinter liegenden Schloss mit dem Notwendigsten für einem langen Nachmittag versorgen. Mein Mann ist auch mal mit unserer Jüngsten und ihrer Freundin Anna mit dem Paddelboot über den See gepaddelt, nachdem unser erster Versuch, von Groß Markow auf der Peene nach Neukalen und in den See zu gelangen, gescheitert war. Auf der Höhe der Schlakendorfer Wiesen kam uns eine tote Kuh und anderer Unrat entgegengeschwommen, so dass wir rasch wieder kehrt machten. Klaus ist das nächste Mal gleich bei Neukalen in den See gestochen, der uns noch relativ sauber erschien. Der näher gelegene Pannekower Badesee war einige Jahre wegen seiner Verschmutzung gesperrt. Vielleicht war das ein zweiter Grund, warum wir auch später lieber an den Kummerower See fuhren. Einmal ist mein Mann mit unseren beiden Kindern per Fahrrad rund um den See gefahren. Während der Tour haben die drei bei dem schönen Ausguck vor Salem eine Nacht heimlich gezeltet. Die Dorfleute, die vorbeikamen, haben sie nicht vertrieben. Doch Klaus hatte auch eine freundliche Art mit den Menschen auf dem Lande, ins Gespräch zu kommen. Wenn er vor einem Gartenzaun stand, fragte er mit Blick auf die herumlaufenden Hühner: „Sind das alles Ihre Hühner?"

Dann wusste ich schon, nun würde es wieder Stunden dauern, ehe er von dem Gartenzaun loskam. Nicht, bevor er erfuhr, welche Operationen die Bauersfrau hinter sich hatte, was die Kinder so machten, ob der Mann etwas taugte oder nicht. Merkwürdigerweise hat man selten Bemerkungen, Kritiken zur Tagespolitik gehört, die doch in Ostberlin täglich Gesprächsstoff waren. Ja, kleine Wünsche, etwas aus der Hauptstadt mitzubringen, die ja besser beliefert wurde, vor allem Apfelsinen zu Weihnachten, aber auch ganz normale Sachen, die hier nicht zu kriegen waren: mal Senf, mal Bleistifte, mal Unterwäsche für Kinder, mal Bettwäsche oder Handtücher, wurden an uns herangetragen und auch erfüllt. Wenn ich damals Tagebuch geführt, ich hätte heute Stoff für dicke Dorfromane. Nach Sarmstorf kam regelmäßig, so lange die beiden Alten im Unterdorf noch lebten, ein kleiner klappriger 77jähriger Mann per Fahrrad, versorgte die Alten mit notwendigen Lebensmitteln. Wir nannten ihn den Sensenschärfer, da er im Hauptdorf und später auch bei uns, die Sense schärfte. Kam er vom Unterdorf zurück, blieb er vor unserem Gartentor stehen. Wenn ich ihn dann auf ein „Stündchen" zum Kaffee hereinbat, antwortete er: „Naja, Zeit hab ich ja!", kam herein und blieb drei, vier, ja fünf Stunden. Wir Großstädter im Stress, weil das Wochenende immer zu kurz für die vielen Arbeiten, die dringend gemacht werden mussten, hatten eigentlich *keine* Zeit und meinten das mit dem „Stündchen" Kaffee trinken auch wirklich so, wie gesagt, aber das klappte nie. Auch mit der Postfrau nicht, die damals sogar samstags ins Dorf kam, wenn am Freitagabend noch ein Brief für die Sarmstorfer angekommen war. „Der konnte doch nicht bis Montag liegen bleiben!" Auch sie blieb einige Stunden, als ich sie zum Kaffee einlud, erzählte sie uns nahezu ihr ganzes Leben. Dass sie von „bei Schneidemühl" komme, dass sie erst nach einem Unfall, zur Postfrau umgeschult wurde. "Eine Woche Anlernzeit haben für mich gereicht", sagte sie stolz und „es hat niemals ein Manko in meiner Kasse gegeben". Die Abende verbringe sie im Garten bis es dunkel wird, erzählte sie auf meine Nachfrage. Als sie vom Tod ihres Mannes berichtete, staunte ich wie selbstverständlich sie über das Thema sprach. „Einer bleibt immer übrig, muss ja übrig bleiben", sagte sie schlicht. Auch an unsere „Hühnerfrau", die uns mit frischen Eiern und zu Festtagen mit Huhn oder Ente versorgte, erinnern wir uns gern. Sie stand eines Tages vor dem Gartentor, fragte, ob wir Eier haben wollten. Dann kam sie auf den Hof, setzte sich zum Kaffee auf die große Holzbank an der Giebelseite. Später überredete sie meinen Mann, der selten Gartenarbeit machte, sich vorher nie um den Garten gekümmert hatte, Kartoffeln anzubauen. Da ich den Garten gern mehr als Landschaftspark gestalten wollte, weil ich eher an lauschige Plätze zum Lesen und Erholen dachte, als an Gemüse, gefiel mir der Anbau von Kartoffeln in meiner schönsten Sichtachse überhaupt nicht. Nie mehr ist dort die Grasfläche wieder richtig schön nachgewachsen, während Klaus noch heute behauptet, „seine" Kartoffeln wären das Beste gewesen, was unser Garten je hervorgebracht hätte.

Es gibt auch noch die Geschichte über Erwin. Ein stämmiger Dorfbursche, der hat bei den Alten auch geholfen, im Winter das Holz gehackt, und ist überall bei den Sarmstorfern – nicht direkt eingeladen – gern zum Essen gekommen. Er war vermutlich einfach vernachlässigt worden, hatte keine Schule besucht, wusste aber wie er heißt: „Krohn, Erwin". Da er kräftig war, hat Klaus ihn so ein bisschen mehr arbeiten lassen. Doch so dumm war Erwin dann auch wieder nicht. Einmal hoben sie zusammen eine Grube aus und als mein Mann Erwin allein arbeiten ließ, sagte der plötzlich: „Klaus träum nicht!". Allerdings war seine Hilfe nicht immer nützlich. Er nahm auch gern die Maurerkelle in die Hand und alle überflüssigen Putzstellen an den Backsteinen, die heute noch zu sehen sind, sind von Erwin, der den Putz mit Begeisterung an die Wand warf, egal wohin. Ich hab auch versucht, ihn zu alphabetisieren, ganz leichte Fortschritte gab es. Erwin war immer sehr traurig, wenn wir abfuhren, stand auf dem Weg und winkte. Und eines Tages war er nach dem letzten Sommer nicht mehr da, er wollte wieder zu seiner Mutter, die in Westmecklenburg lebte. Doch ich merke schon, ich schweife von Deinen Fragen ab, erzähle zu viel über die Leute hier. Aber sie, ihr Denken, ihre Lebensweise waren schon so ganz anders, als wir es von Ostberlin, aus der Großstadt kannten.

Neukalen war von Anfang an unsere Einkaufsstadt, als nächstgelegener Ort, auch deshalb sind wir nach den Einkäufen von hier mit den Kindern oft noch bis zum schönen Ausguck bei Salem an den Kummerower See gefahren. Wir mochten das Städtchen Neukalen mit seinen Ringstraßen und romantischen Bootshäusern an der Peene und gingen dort auch Weihnachten in die Kirche. Jedenfalls so lange wie auf der Kanzel ein Pfarrer stand, der seine Predigten mit deftigen Geschehnissen aus dem realen Leben verband. Heute manchmal, wegen der schönen Orgelmusik. Es ist schade, dass Neukalen so viele Geschäfte im Zentrum nach der Wende verloren hat. Sicher, das Sterben der Läden durch die Supermärkte gibt es überall, aber vielleicht sollten die jetzigen Oberen auch mal über neue Konzepte nachdenken. Warum steht das große Ladengeschäft mit den grünen Fensterrahmen, das früher mal ein Schuhladen war, schon seit Jahren leer? Das Haus ist schön saniert, der Laden auch. Es ist jammerschade. Wir könnten uns dort ein Lese- und Kunstcafé vorstellen, in dem eine stattliche Anzahl von Büchern in Wandregalen Eltern, Kinder und Senioren zum Schmökern einlädt mit wechselnden Kunstausstellungen, Lesungen, Kinoabenden, Vereinsfeiern. Diverse Veranstaltungen zögen möglicherweise die Touristen, Künstler und Zugereisten in den Dörfern, rings um Neukalen und Durchreisende an? In den Monaten ohne Tourismus, könnte sich die Öffnung auf das Wochenende beschränken. Doch wichtig wäre, der Kuchen und die Torten dort müssen schmecken, selbstgebacken sein, von einem Bäcker oder einer gewieften Hausfrau. So ein Kultur-Café könnte auch, wenn sich kein privater Betreiber fände, von der Stadt selbst unterhalten werden. Oder?

Ach ja, jetzt hätte ich fast den „Moorbauern" vergessen. Das war auch eine tolle Sache in den 80ern. Ein Unikum, dass man vor einem Wasserarm an einem Eisenträger schellen musste und dann kam der Wirt selbst herüber, setzte die Gäste in seinem Kahn über. Es war die einzige Speisegaststätte, wo es immer Fisch gab, frischen Fisch vermutlich. Dabei fällt mir noch eine Gastwirtschaft am Kummerower See ein, die heute leider nicht mehr existiert. In Salem gab es nach der Wende in dem Garten eines normalen Einfamilienhauses eine Bewirtung mit leckerer Hausmannskost. Die Wirtin erzählte uns einmal, als die Wende kam und die Funktionäre ihre Stellen fluchtartig verließen, blieben die niederen Angestellten in der SED-Kreisleitung auf ihren Plätzen, warteten vergeblich auf die gewohnten Anweisungen. Als sie endlich begriffen, dass diese nun für immer ausbleiben würden, fasste diese Angestellte neuen Mut, eröffnete auf einem Parkplatz an der Straße von Neukalen nach Malchin einen Imbiss, verkaufte Bockwurst und belegte Brötchen. Am Abend kochte und brutzelte sie in ihrem Haus in Salem weiter und servierte den Gästen auf den Holzbänken unter ihren Apfelbäumen wunderbare einfache Gerichte. Auch dort sind wir mit unseren Gästen häufig eingekehrt.

Was uns aus dem Leben in der Natur,
der Abhängigkeit vom Wetter,
der Begegnung mit Tieren beeindruckt hat,
was wir daraus lernten?

Ja, um ehrlich zu sein, wir hatten keine Ahnung vom Leben auf dem Lande, auf dem Dorfe. Mein Mann als geborener Berliner nicht und ich, aufgewachsen in einer brandenburgischen Kleinstadt, auch nicht. Meine Großmutter und Mutter beackerten zwar einen Garten außerhalb der Stadt, aber das Interesse von uns Töchtern hielt sich in Grenzen, wenn wir im Garten arbeiten mussten, während unsere Freunde mit dem Rad zum Baden fuhren. Doch jetzt hatte ich selbst einen Garten, den ich mit Bäumen und Büschen gestalten wollte, wusste aber nichts über die Bäume, die ich anpflanzte. Ich hatte keine Ahnung, dass die Lärche, die ich dicht neben das Stallgebäude pflanzte bis zu 40 m hoch werden kann, ausladende Äste haben würde und dass sie im Winter ihre Nadeln verliert. Hatte eigentlich an einen immergrünen Baum im Garten gedacht. Dass er höher und höher wurde, beunruhigte mich schon. Würde er bei dem Wind hier im Norden, nicht irgendwann umfallen? Doch als ich kürzlich las, dass Lärchen bis 600 Jahre alt werden können, hat mich das etwas beruhigt. Und auch die Weide, die wir neben der Sitzecke an der Giebelseite pflanzten, wurde nicht so wie wir es uns vorgestellt hatten. Großmutter hatte auf unserem Neubauhof in der Stadt eine Trauerweide gepflanzt, die mit einem geraden Stamm nicht übermäßig hoch wuchs und dann ihre Äste weit herunterhängen ließ. So dass wir Kinder unter ihrem Schutz eine Decke ausbreiten und spielen konnten. Unsere Weide, als Trauerweide gekauft, entwickelte bald zwei dicke knorrige Äste, die sich heute bis zum Dach des Giebels und auf der anderen Seite bis zum Nachbargrundstück ausbreiteten. Sie wuchs weit in die Höhe und das Blattwerk, dass nur einige Jahre über dem Holztisch hing, ist heute weit oben doch relativ licht. Als die älteste Tochter meines Mannes mit ihrer Familie Ende der 90er Jahre nach Australien auswandern wollte, lebten sie den letzten August in unserem Sommerhaus. Sie hatten das Auswandern schon in den 80ern versucht, doch in Bulgarien bekamen sie Furcht und kehrten vorerst zurück. Nun konnten sie es ganz legal versuchen, nach Jahren der Vorbereitung und genügend Punkten für die Aufnahme. Die beiden Enkelkinder bauten auf der inzwischen schon kräftigen Weide, genau in der Gabelung der beiden Hauptäste ein Baumhaus und spielten Bootsmann und Kapitän auf einem Überseeschiff nach Australien. In Erinnerung an Tochter und Enkel ließen wir das Baumhaus noch lange im Baum, auch wenn der Wind daran zerrte und die Bretter knarrende Geräusche wie die Planken eines alten Kahns von sich gaben. Dann dachten wir an ein Schiff, dass uns nun nach Australien bringen würde.

Doch ich muss noch an eine erste Begebenheit in der Natur denken. Da fast alle unserer Freunde kein Haus auf dem Lande besaßen, bekamen wir in den DDR-Jahren oft Besuch von Familien mit kleinen Kindern. Mit diesen zogen wir an einem Abend in der Dämmerung singend zum Buchenwäldchen, genannt der Rosengarten, gleich hinter dem „Echo" rechts, später unser gewohnter Spaziergang mit den Kindern. Da kam uns am Waldrand der Tierarzt von Lelkendorf mit grimmiger Miene entgegen. Nein, er war nicht erfreut über den Gesang so vieler Kinder. „Wenn ihr Städter in der Natur leben wollt, dann müsst Ihr Euch auch so verhalten, wie die Natur es braucht" mahnte er und erklärte uns, dass wir nach 17 Uhr nicht mehr in der Natur Lärm machen sollten. Das haben wir uns gemerkt. Dass der Tierarzt auch Jäger war, der dort im Buchenwäldchen auf sein Wild wartete, wussten wir zu diesem Zeitpunkt noch nicht.

Wie wetterabhängig das Leben auf dem Lande ist, lernten wir auch erst in Sarmstorf kennen. Nahezu jedes Gespräch mit den Landleuten handelte auch über das Wetter und seine Aussichten und ob es gut oder schlecht für die Ernte sein würde. Selbst bemerkten wir bald, dass wir unsere Stadtschuhe in mancher Jahreszeit gleich nach der Ankunft beiseite stellen und gegen Gummistiefel oder Holzpantinen eintauschen mussten. Besonders im Herbst und Frühjahr trugen wir und die Kinder viel „Dreck" ins Haus. Auch Stürme und Gewitter in dieser Wildheit und Stärke haben wir in der Stadt nie erlebt. Doch irgendwie machte mir das nie Angst, ich fand diese Naturerscheinungen faszinierend, beobachtete sie durch das Fenster, während ich den Kindern

Geschichten vorlas, um sie abzulenken. Am Anfang gab es keinen, dann wenige Hunde im Dorf. Dafür eine Vielzahl von streunenden Katzen, die von Haus zu Haus liefen, um Futter baten. Da ich als Kind gern eine Katze besessen, aber Mutter keine erlaubt hatte, gaben wir uns nun, auch für unsere Kinder gern mit den Katzen ab, stellten ihnen Futter hin, nicht zu viel, sie sollten ja auch noch die Mäuse fangen, die jedes Jahr rings um das Haus ihre Löcher gruben. Einmal entdeckte Klaus vier kleine neugeborene Kätzchen in der Scheune, die vom Dachboden gerade so, als wären sie vom Himmel gefallen, herunterpurzelten. Sie sahen entzückend aus, bunt gescheckt und sehr lieb. Das einzige männliche Kätzchen ging Klaus nicht mehr vom Stiefel. Wo die Mutter geblieben war, wussten wir nicht, versorgten die Kleinen mit verdünnter Milch und als wir abfahren mussten, übernahm die Nachbarin die Kleinen. Doch ein Kätzchen starb schon als Kind und die anderen sind inzwischen auch gestorben, wahrscheinlich hat doch die Mutter gefehlt.

Ein wenig Angst hatten wir am Anfang vor den Kühen, wenn sie von den Viehzüchtern der LPG durch das Dorf zur Weide getrieben wurden. Und wenn wir am Weidezaun entlang gingen und sie uns scheinbar alle hinterherkamen. Würde der Elektrozaun das aushalten, wenn die Herde dagegen anstürmte? Doch so wie sich die Kühe an uns gewöhnten, gewöhnten wir uns an sie. Einmal haben wir auch einige Bäume vor dem Verdursten gerettet. Einmal gab es im Frühjahr eine Pflanzaktion der LPG-Feldbaubrigade an dem Weg von Lelkendorf nach Sarmstorf und noch ein bisschen Richtung Kleverhof mit kleinen Bäumchen. Als es im Sommer sehr heiß wurde, ließen die jungen Bäumchen bald die Blätter welken. Klaus fragte einen Traktoristen der Feldbaubrigade, ob sich denn niemand um die neuen Bäume kümmern würde, denn sie benötigten dringend Wasser. Der Traktorist antwortete für uns unverständlich: „Die pflügen wir im Herbst doch wieder um mit unseren Maschinen." Dabei war er doch selbst bei der Pflanzaktion dabei gewesen. Es musste ihm doch leid tun, die eigene Arbeit wieder zu vernichten? Ich begann mit den Kindern nun einige Bäume am Ortseingang und am Ortsausgang mit Gießkannen zu wässern. Soviel wir schaffen konnten, jeweils drei Bäume. Die ersten Bäume hinter der kleinen Brücke am Ausgang des Dorfes, Richtung Kleverhof haben überlebt. Die Bäumchen an der Strecke nach Lelkendorf sind tatsächlich zu einem großen Teil im Herbst bei den Feldarbeiten wieder umgepflügt worden und erst nach der Wende sind auch an diesem Weg wieder eine stattliche Zahl Bäume gepflanzt worden, die bis heute stehen blieben, trotz Landwirtschaft.

Ob ich auch über das Leben hier
schon früher mal geschrieben habe?

Ja, ich schreibe hier auch, in unserem Haus oder im Garten. Meist am Morgen, da hab ich Ruhe und bin allein. Mein Mann war ja Musiker, da hat er einen anderen Rhythmus. Auch als Rentner noch. Eine Textprobe? Na gut, hier mal der Anfang einer Kurzgeschichte:

Sommermorgen in der Mecklenburgischen Schweiz

Nur selten gelingt es mir, hier im Sommerdorf den stillen Morgen zu genießen. Der lediglich das Geschwätz der Schwalben auf den Telefonleitungen und das Muhen einer Kuh auf der Weide herüberträgt. Kein Sommergast wird hier vor zehn Uhr wach.

Ich sitze heute bereits um sieben im Garten vor dem Haus. Sonnenaufgang ist längst vorbei, aber den stillen Morgen kann ich noch genießen. Vereinzeltes Quaken der Frösche am Teich. Jetzt sind die Schwalben verschwunden. Dafür tönt lieblicheres Gezwitscher aus dem alten Ahorn und der mächtigen Kastanie vor dem Haus. Aus der Ferne Hundebellen. Die Sonne blinzelt in den Vorgarten. Steht längst über der Hecke. Hat jetzt die roten Backsteinmauern erreicht. Nur bis zehn Uhr scheint sie hier offen herein, dann wandert sie über den Dachfirst auf die Hofseite. Hier sollten wir gemeinsam frühstücken, schaffen es aber nur selten. Noch hat die Sonne meine Schultern nicht erreicht. Mich fröstelt in dem dünnen Morgenkleid. Im Moment blühen nur gelbe margaritenähnliche Blumen an den Wegkanten des Vorgartens. In diesem Jahr brach der Sommer zu früh und zu heiß herein. Eigentlich sollten diese gelben hohen Stauden erst Ende August zusammen mit einer erikafarbenen Strauchblume blühen. Doch nun hat der heiße Sommer das Blühen durcheinander gebracht. Jetzt quietscht ein Fenster. Im Haus gegenüber, beim alten Hoffer, der nachts über die deutsche Raumfahrt schreibt, wird ein oberes Fenster spaltweit geöffnet.

Die Hibiskussträucher sind auch kurz vor der Blüte. Mit ihren zartlila Blüten würden sie die gelben Margaritenähnlichen ideal ergänzen. Ein leichter Wind rauscht durch die Blätter der alten Bäume. Manchmal scheint es, als wolle er etwas Besonderes ankündigen. Aber nein. Er schwächt ab, das Rauschen verebbt, es wird wieder ruhig. Fast so wie die auslaufenden Wellen am Meeresstrand... *(1995)*

Und erst fünf Jahre her, da habe ich mal das Gedicht „Ostern im Schnee" geschrieben. In dem Jahr war es im April noch sehr kalt und alle Knospen sind kaputt gegangen, weil nochmals Schnee kam. Danach sind wir allerdings nicht mehr Ostern nach Sarmstorf gefahren, sondern erst, wenn es wirklich warm wurde.

Ostern im Schnee

Das kleine Vorwerk im stillen Tale
hier war ich Ostern unzähl'ge Male
doch nie erlebt ich Ostern im Schnee
weiß überall, so weit ich seh.

Verzaubert wirkt diese kleine Welt
Sterntaler könnt an der Türe schelln
Der Kachelofen bullert im Zimmer
Ich sitz am heißen Küchenherd immer.

Im Radio erklingt die Matthäus-Passion
als vollständig Werk zwei Stunden schon
Draußen senkt herab sich die dunkle Nacht
Ich lausche und sinne und bleibe wach.

(2013)

Über die Menschen? Ja, über die Postfrau und den Sensenschärfer habe ich auch geschrieben. Gut Adrienne, ich schicke Dir das Porträt über den Sensenschärfer mit.

Der Sensenschärfer

Der Sensenschärfer ist ein altes Bäuerlein von unbestimmbarem Alter und gebeugter Gestalt. Er trägt viel zu weite Hosen und ich habe den Eindruck, als würde das ganze Männchen nur von seinen Hosenträgern gehalten. Sein verschmitztes Gesicht mit den schalkhaft blitzenden Augen wird von weit abstehenden Ohren umrahmt. Meist trägt er eine Schirmmütze auf dem schütteren Haar. Er war mir auf den ersten Blick sympathisch.

Der Sensenschärfer lebt als Bauer im Ruhestand bei seiner Tochter und dem Schwiegersohn im Altenteil ihres Hauses im Hauptdorf. Er ruht jedoch nicht, sondern hilft tüchtig aus, wo er gebraucht wird. Außerdem schärft er Sägen, Sicheln und Sensen wie kein zweiter im Dorf, weshalb er auch als Sensenschärfer bekannt ist. In unser abseits gelegenes mecklenburgisches Vorwerk kommt er einmal die Woche auf einem alten klapprigen Fahrrad, versorgt die Alten im Unterdorf und nimmt unsere Sense zum Schärfen und Dengeln mit oder bringt sie zurück. Wenn wir keinen Auftrag haben, kommt er trotzdem. Er bleibt nie unter vier Stunden, was für uns Großstädter gewöhnungsbedürftig ist, da wir

24

nur in den Ferien der Kinder in das sanierungsbedürftige Sommerhaus fahren können, immer mit einem vollgepackten Arbeitsplan. Schon die Begrüßung am Zaun dauert seine Zeit. Der Alte beginnt das Gespräch mit dem Wetter, sagt uns wie die Ernte steht und dass es viel zu trocken ist. Schließlich biete ich ihm an, doch auf ein „Stündchen" hereinzukommen, mit uns Kaffee zu trinken. Es scheint, als habe er nur darauf gewartet und mit den Worten: „Na, Zeit hab ich ja...", setzt er sich schon an den Küchentisch. Während ich Kaffee koche stürmen die Kinder, meine fünfjährige Tochter und ihr gleichaltriger Freund Robbi, auf ihn ein und bitten den Alten: „Opa Sensenschärfer, zeigst du uns deine Zähne?" Es wirkt komisch und makaber zugleich, wie der Alte, auf Drängen der Kinder immer wieder sein Gebiss herausnimmt, es den Kleinen zeigt und unter ihren bewundernden Blicken wieder einsetzt. Das entwickelt sich für die Kinder zu einem richtigen Spiel und wiederholt sich bei jedem Besuch. Doch der Kaffee kommt und die Kleinen müssen sich zufrieden geben. Beim Kaffeetrinken erzählt der Alte dann Geschichten. Meist komische Begebenheiten aus seinem Soldatenleben. Ich habe das Gefühl, dass er den II. Weltkrieg wie „Der brave Soldat Schwejk" erlebt hat. An diese Erzählungen schließen sich spannende Schilderungen von seiner Flucht aus Ostpreußen an und der Odyssee nach Mecklenburg. Dabei stellt er immer wieder fest, dass in Ostpreußen alles besser gewesen wäre: der Boden fruchtbarer, die Ernte reicher, die Kühe gaben mehr Milch und vor allem das Wetter, das Wetter war in Ostpreußen auf jeden Fall besser. Dann äußert er, wie mir scheinen will, recht naive politische Ansichten zu vergangenen und gegenwärtigen Weltereignissen. Und er schließt mit der Feststellung, dass er nun gehen müsse, da es schon spät sei. Die Verabschiedung am Zaun, dauert wie die Begrüßung noch eine Stunde. Nun orakelt der Alte, wie die Ernte sein wird, wenn das Wetter sich so oder so ändert. Jetzt will er abfahren, aber ihm fällt ein, er habe noch nicht erwähnt, dass er nächste Woche zu seiner ältesten Tochter in die Kreisstadt fahren will. Es folgt die ausführliche Beschreibung wie er dorthin gelangt. Dann stellt er wieder fest, dass es für die Jahreszeit viel zu warm sei und dass er leider schon fahren müsse. Schließlich steigt er aufs Rad und fährt auch ab. Die Kinder winken zum Abschied und bald ist seine kleine Gestalt unseren Blicken entschwunden. *(1985)*

Wie es nach der Wende weiterging

mit dem Haus in Sarmstorf und mit uns?

Gut, Adrienne, ich erzähl Dir jetzt vom SommerMuseum Sarmstorf und unserem Umzug nach Köln. Wir durften nach der Wende nun unser Haus und Grundstück kaufen. Als wir Mitte der 90er Jahre nichts mehr in Berlin zu tun hatten, beschlossen wir nach Köln zu gehen, wo unsere ältere Tochter bereits seit Herbst 1989 lebte. Von der Wohnung in Ostberlin, wo uns gerade eine zehnfache Mietsteigerung ins Haus geflattert war, konnten wir uns leicht trennen, doch was sollte aus dem Haus in Sarmstorf werden, das wir gerade erst gekauft hatten? Und würden wir ohne das Haus in der Mecklenburgischen Schweiz in Köln nicht Sehnsucht danach bekommen? Doch, wenn wir es behielten, müsste es noch einen weiteren Sinn machen, als „nur Urlaub". Wir hatten es ja von Köln aus in die Eifel, den Schwarzwald, nach Frankreich, an die Nordsee und den Atlantik nun viel näher, als in die Mecklenburgische Schweiz. Da ich seit 1991 in Vorträgen an den Fachstellen für Bibliotheken und in interessierten Bibliotheken über die „westliche" Kinder- und Jugendliteratur informierte, die in der DDR nicht erschienen war – der Kinderbuchmarkt hatte sich verelffacht und die „westlichen" Autorennamen waren in den neuen Bundesländern nahezu unbekannt – entschlossen wir uns, das Haus in ein SommerMuseum umzugestalten. In dem sollte es regelmäßig Kinderbuch-Ausstellungen zu einzelnen Ländern und Themen geben. Foto-Ausstellungen zu den entsprechenden Ländern und eigene Reise-Fotos an den Wänden ergänzten die Buchausstellungen. Das Haus hatten wir von Anfang an möglichst ursprünglich gelassen und die Kombination „Kinderliteratur (für die Jungen) im alten Haus" erschien uns sehr passend. Die inzwischen über 25 Ausstellungen wurden jeweils von Veranstaltungen für Kinder und Erwachsene begleitet, deren Höhepunkte zwei Theateraufführungen waren, die begeistert aufgenommen wurden. Die Pippi-Langstrumpf-Aufführung auf dem alten Entenstall mit unserer Jüngsten in der Hauptrolle, die die Pippi nicht nur spielte, sondern auch lebte, weshalb sie noch jahrelang Zöpfchen trug, obwohl sie dem Alter längst entwachsen war. Regie führte in dem zweiten Stück „Der Untergang der Titanic", auch nach einem Kinderbuch, unsere ältere Tochter, die extra aus NRW angereist war. Die Hauptrolle, den Kapitän, spielte Frank Migoda, der Enkel unserer „Hühnerfrau", abweichend von Text und Regie sehr originell und überzeugend. Das Wirken des SommerMuseums Sarmstorf für die Leseförderung bei Kindern wurde 2007 mit dem Deutschen Vorlesepreis gewürdigt. Zu denen, die für das SommerMuseum Sarmstorf gestimmt hatten, gehörten so prominente Juroren wie die Schauspielerin Sabine Postel (Tatort-Kommissarin) und Henning Krautmacher (Frontsänger der Kölner Band „Die Höhner"). Auch das SommerMuseum Sarmstorf vergab bei repräsentativen Ausstellungen einen Preis, den für das beliebteste Buch der Ausstellung. Und es stellte sich heraus, dass es durchaus eine große Breite in der Titelauswahl unter den Besuchern gab, wenn eine entsprechende Vielfalt an Büchern angeboten wurde.

Wie wir die Besucher in das SommerMuseum bekamen?

Das war natürlich schwierig, wie Du Dir denken kannst, liebe Adrienne. War ja auch für andere Neustarts in der Kultur schwer. Neben der abseitigen Lage, die kein Laufpublikum brachte, war es aber auch zunächst eine rückwärts gewandte oder sture Geisteshaltung in den Köpfen, die jene Projekte, die nicht „von oben", also von Ämtern kamen, nicht akzeptierten, zu privaten Initiativen kein Zutrauen hatten. Sicher gab es auch Widerstand zu dem Gegenstand unserer Ausstellungen. So habe ich mir, nachdem ich ausführlich über die neuen Literaturen informiert hatte, so manches Mal anhören müssen: „In der DDR gab es aber auch schöne Kinderbücher". Das mag sein, aber es gab fast keine Autoren und Titel aus den angrenzenden Ländern des Nordens und aus den sogenannten „westlichen" Ländern, selbst die Klassiker nur begrenzt. Die Bürgermeisterin von Lelkendorf, die die Bedeutung des SommerMuseums Sarmstorf sofort zu schätzen wusste, kam in den Anfangsjahren regelmäßig mit Frauengruppen im Oma-Alter, die sich sehr interessiert zeigten, mit denen wir aber auch Kaffee tranken und uns Dorfgeschichten erzählten. Auch die Kita- und Hortleiterin von Lelkendorf war oft dabei. Aus Altkalen kam Frau Freudenfeld mit einer Schulklasse, auch der dortige Hort zeigte sich interessiert und aus Finkenthal und vom Ulenkrug kamen größere Kindergruppen, in neuerer Zeit gab es auch Kontakte zur Freien Schule in Neukalen. Doch insgesamt war das Interesse von

Schulen leider sehr spärlich. Das mag auch daran gelegen haben, dass wir uns keine größeren Werbekampagnen leisten konnten. Dann hing der Zustrom auch immer davon ab, ob es interessierte Eltern in der näheren Umgebung gab, die ihre Kinder und Freunde bewusst ins SommerMuseum führten. So kam Ollie aus Kleverhof mit ihrer Mutter und brachte Freunde mit, aus Rey die Tochter der Altkalener Bürgermeisterin mit ihren Kindern, Maria Mohr und ihre Kinder mit Freunden kamen aus Kämmerich, aus Küsserow ein Holzbildhauer und seine Tochter Lilly, die als 8jährige auch einmal den ganzen Weg nach Sarmstorf allein gelaufen kam, aus Sarmstorf besuchten uns Lotte und Emma und aus Altkalen kamen Baldo und Lelle, die hier auch ihren Geburtstag feierte und eine richtige Leseratte ist, um nur einige zu nennen, die das Sommer-Museum über mehrere Jahre besuchten. Viele Kinder verewigten sich an den Wänden des SommerMuseums mit ihren Zeichnungen, die von neuen Besuchern andächtig bestaunt werden. Von Beginn an beteiligte sich das SommerMuseum Sarmstorf auch an der Veranstaltung „Kunst offen", wodurch über die zentrale Werbung zu Pfingsten immer viele Besucher kamen, anfangs vor allem aus den Regionen Hamburg, Lübeck und Berlin, in den letzten Jahren wieder stärker „Einheimische" aus der unmittelbaren Umgebung bis Malchin und Demmin und aus den Regionen Rostock, Stral-sund und Greifswald. Neben den Fragen zur Literatur und zu den Fotos gab es oft interessante Gespräche mit den Besuchern, die uns auch bereichert haben. Und es war auch das gewahrte Alte, Ursprüngliche unseres Hauses, das immer wieder Thema der Erwachsenen-Gespräche war und zunehmend wird.

Wie lange wir hier in der Region
nördlich des Kummerower Sees noch in Aktion bleiben?

Um ehrlich zu sein, liebe Adrienne, wir wissen es nicht. Da wir beide über 70 Jahre alt sind, hängt es natürlich in erster Linie von unserer Gesundheit ab. Der Weg von Köln, wo wir uns auch gut eingelebt haben, ist doch arg weit. Doch so lange wir es uns noch zumuten können, bleiben wir hier und machen weiter. Es ist schon heute so: im zeitigen Frühjahr haben wir in Köln schon Sehnsucht nach Sarmstorf und die Mecklenburgische Schweiz im Nordosten und wenn der Sommer sich in Sarmstorf neigt, dann haben wir auch wieder Sehnsucht nach Köln im Südwesten. Vielleicht ziehen wir uns im Alter auch ganz hierher zurück? Oder eines Tages bekommen unsere Töchter, für die Sarmstorf ein großer Abenteuerspielplatz war, auch Lust, unser Werk in irgendeiner Art und Weise weiterzuführen? (Was unser heimlicher Wunsch wäre.) Alles ist möglich!

Ich weiß nicht, liebe Adrienne, ob ich Deine Fragen alle beantwortet habe. Vielleicht auch zu abschweifend und ausführlich, oder? Bis zum nächsten Frühjahr dann, liebe Adrienne – mit herzlichen Grüßen an Dich und Deine Familie
Sybille und Klaus Ebelt
vom SommerMuseum Sarmstorf

Sybille B. Ebelt (Lindt), Autorin
geboren und aufgewachsen in der brandenburgischen Provinz
nach dem Abitur und einer Lehre als Maurerin Besuch der Bibliothekarschule
Leipzig und Studium der Kultur- und Kunstgeschichte an der dortigen Universität
zwanzig Berliner Jahre, tätig als Bibliothekarin, Kulturjournalistin, Übersetzerin, Autorin
lebt seit 1995 in Köln und in der Mecklenburgischen Schweiz, verh., zwei Kinder
schreibt vorwiegend Kurzgeschichten, Frauenporträts, Reiseliteratur, Kinderbücher
Veröffentlichungen:
Valdemar Lindholm: Märchen und Sagen aus Lappland, Übers. aus dem Schwed. Leipzig 1989
Spurensuche: Frauenporträts (mit U. Jung), Berlin 1996
Zugbrücke: neun Kölner Autorinnen, Köln 1997
Ungleiche Schwestern (mit H.Emge, S.Schönhof), Herzberg/Nordhausen 2006 (ebook 2012)
Der schüchterne Hase, ebook in dt., franz., niederl. u. print, Köln 20014/15
Die kleine Friederike, ebook und print, Köln 2016/17
Stadt am Rhein – Die Ankunft, ebook und print, Köln 2017

Adrienne Györgyi, Designerin
Geboren in Budapest, Designstudium in Budapest (MOME) und in Berlin (UdK). Als freie
Künstlerin gestaltete sie Verpackungen und visuelle Erscheinungsbilder für internationale
Unternehmen und unterrichtete an der Universität für Kunst und Design Budapest, wo sie
auch ihren Doktortitel erwarb. Seit 2010 lebt sie mit ihrer Familie in Altkalen/Mecklenburg,
wo sie künstlerisch tätig ist. Es interessiert sie, das Einheimische im Hier und Jetzt zu ergreifen,
es auf experimentellem Weg zu erkunden und mit künstlerischen Mitteln aufzuzeigen.
Seit 2013 führt sie ihr Label taufrisch: klare, freudige, lebhafte, wandelbare Wohntextilien
und Kleider als handgefertigte Einzelstücke mit Siebdruck auf Leinen. www.taufrisch.org

Wandern&Wundern©
2018 startete Adrienne Györgyi das Kunstprojekt Wandern&Wundern©:
„Lassen Sie sich mit dem Kummerower See in einen Dialog ein und lassen Sie mir Ihre
vom Kummerower See inspirierten Bilder/Gedanken/Poesie zukommen. Wir stellen unsere
aus verschiedenen Sichtweisen gemachten Eindrücke, Betrachtungen, Erlebnisse in neuem
Zusammenhang im Rahmen einer Ausstellung vor." Kontakt: adrienne[at]taufrisch.org

Zeitfracht Medien GmbH
Ferdinand-Jühlke-Straße 7
99095 Erfurt, Deutschland
produktsicherheit@kolibri360.de